니나의 마법서랍

비아북
ViaBook Publisher

저는 아주 오래전, 우연히 도박의 비밀을 듣고 말았습니다. 슬롯머신 판매 직원이 말하는 '기계의 필승 원리'와 불법 게임장 운영자가 말하는 '당첨자 조작법'이었는데, 중독자의 이야기도 아니고 중독을 만들어내는 사람의 이야기를 우연히 두 번이나 듣게 되다니 참 신기한 경험이다 싶었지요.

그 뒤로 오랜 세월이 흘러 전 만화가가 되었고, 『가담항설』이라는 만화를 완결한 뒤 태블릿PC를 하나 사게 됩니다. 그리고 바로 그 태블릿PC가 제게 이 만화를 그리게 만들었죠. 새로 산 태블릿PC에는 고유의 전화번호가 있었는데, 그 번호의 이전 주인이 (아마도) 심한 도박중독자였던 것입니다. 끝없이 날아오는 불법 광고와 영업 문자, 전 주인을 찾는 수많은 전화를 전부 차단하면서, 과거에 제가 도박의 비밀을 듣게 된 건 우연이 아니었을지도 모른다는 생각이 들었습니다. 이런 비밀을 우연히 들을 수 있을까? 그것도 두 번이나? 내가 이 번호를 갖게 된 건? 내가 마침 만화가가 된 건? 그래서 저는 '중독'에 관한 만화를 그리기로 했습니다.

단순히 도박에 한정된 게 아닌 '중독' 그 자체를 다루려고 마음먹은 이유는, 현시대를 살아가는 수많은 사람이 크든 작든, 심각하든 가볍든, 의식하든 못 하든, 무언가에 중독되어 있기 때문입니다. 아마 대부분의 현대인은 핸드

폰에 중독되어 있을 거라 생각합니다. 마약이나 도박, 알코올중독자는 자신과 다른 세계의 사람이라고 생각하면서 말이죠. 물론 전자와 후자는 중독의 강도나 위험성이 다르지만, 결국 자신의 진짜 인생을 빼앗기고 있다는 점에선 치명적인 공통점이 있다는 생각이 드는 것입니다. 그래서 이 만화를 통해 독자분들께서 '중독'에 관해서만큼은 반사적인 불쾌감을 체득하시길 바랐습니다.

영화 「죠스」를 보고 나면 상어가 10배는 더 무서워지듯이 이 만화를 보시고 '중독'이 조금은 더 무서워지셨기를, 또 이 작품에서는 중독을 어떻게 이겨낼 것인지도 함께 이야기하고 있으니 어려울지언정 불가능한 게 아니라는 희망과 용기 또한 얻으셨기를 바랍니다. 감사합니다.

여러분 왕 사랑!
우리 존재 파이팅!!!

랑또 드림

2권

작가의 말 4

5 나중 일은 나중에 7

6 나쁜 버릇은 잘 안 고쳐지지 71

7 복권 1등의 대가 143

8 벗어날 수 없다 223

4컷 만화 300

5

나중 일은 나중에

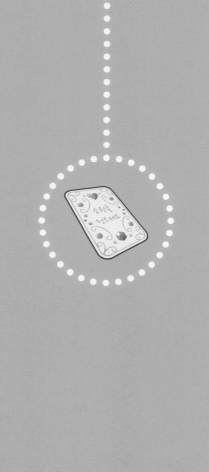

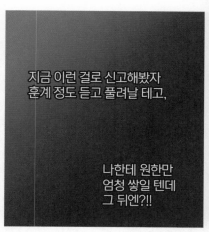

지금 이런 걸로 신고해봤자
훈계 정도 듣고 풀려날 테고,

나한테 원한만
엄청 쌓일 텐데
그 뒤엔?!!

어어…

야.

움찔!!

거짓말
X나 못한다, 너.

너 돈 있는 거
다 알아.

찌익~

11

고마워, 언니~

내가 아껴서 잘 쓸게~

처음부터 얽히지 말았어야 했는데…!

아니, 적어도 돈은 주지 말았어야 했는데!

내가 서랍을 가져가서
괜한 죄책감이 드는 바람에…

그치만…
생각해봐…

사실 그 여자는
인생이 원래 시궁창이었잖아?

그래서 서랍에
더 중독된 거고.

그러니까
내가 서랍을 가져간 건,

오히려 그 여자한테
잘된 일이야!

죄책감 가질 필요 없어!

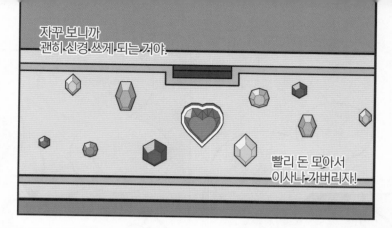

네?

그… 그거야 당연히…

니나 씨는 귀엽고 사랑스럽잖아요.

성격 좋고, 매력적이고.

그… 그게 왜 궁금한가요?

아… 역시 너무 좋아…

현재 씨,
너무 좋아요.

저… 저도
좋아요, 니나 씨.

우리 조금만 더
이러고 있어요.

조금만 더…

17

죄송합니다.
죄송합니다…

정말 정말
죄송합니다…

괜찮아요.
그럴 수도 있죠.

다음부턴
늦지 마세요.

타닥-

타닥-

타닥-

타닥-

타닥-

너무 대놓고
편애하니까
오히려 더 불편해.

응?

깜똑!

김나경 주임님

니나 씨 잠깐
얘기 좀 할까?

정말 그냥
밥만
먹은 거고…

진짜
아무 사이도…

저…
어제… 그게…

응?

아냐,
아냐~!

둘이 사귀면 뭐 어때~! 나 신경 쓰지 마.

아무한테도 말 안 할게.

그게 아니라,

니나 씨 요즘 지각이 많은 것 같아서…

특히 팀장님이랑 사귀는 거면 더 조심해야지.

나경 씨.

모르는 거 있으면 언제든 편하게 물어보세요.

아무튼 나도 예전엔 팀장님 좋아했었어.

어?! 네?!

왜 그렇게 놀라~ 팀장님이 얘기 안 했어?

내가 직접 고백한 적은 없지만 눈치챘었을 텐데…?

직접 말씀하셔서 놀란 거예요…

나 누구 좋아하면 다 티 나서…

아…

아무튼 걱정 마. 지금은 전혀 아니야.

그냥 예전에 좋아했었다고…

괜찮아요, 나경 씨.

그럴 수도 있죠.

예전에…

아무튼 지금은 따로 좋아하는 사람 있으니까 신경 쓰지 마.

척!

남자 보는 눈
없어서…

네?! 아뇨,
그럴 리가요!!

하하-

절대
아니에요~!!

나 사실 얼굴
잘생긴 남자
좋아하거든~

근데 잘생기면
얼굴값 하잖아~

물론 잘생기고
성격까지 좋은 사람도
있지만…

그렇게 누가 봐도
괜찮은 남자는
나 안 좋아하니까…

결국엔 나쁜 남자만 만나게 돼…

난 좋아하는 사람 생기면,

뭐든지 다 해주는 성격이라…

내가 나쁜 남자를 만드는 것 같기도 하고…

하하…

아니에요, 주임님~!!

그냥 그동안 만난 남자들이 다 바보라서 그래요!!

어휴~

아무튼 어제 갑자기 거기서 마주쳐서 깜짝 놀랐어.

아, 저도요.
어제 거기서 약속
있으셨어요?

아, 그러시구나...
완전 우연이네요.

거기 엄청
좋더라고요.

분위기도 좋고,
밥도 맛있고,

연예인들도
많이 오고...

아... 응... 그냥...
친구 모임...

아!

저 어제
거기서-

영화배우
이성빈 봤어요

뭐?

진짜?!
이성빈을 봤어?!!!

네? 네!

어때?
잘생겼어?

엄청
잘생겼지?!

네…
그렇죠.

생긴 건
엄청 잘생겼죠.
영화배운데…

그치이~?

어떻게
봤어?

근처에
앉았어?

누구랑
밥 먹었어?

뭐 하고
있었어?

네? 그런 건 신경 안 써서 잘 모르겠는데…

그냥-

제가 화장실 문 고장 나서 잠깐 갇혔었는데

도와주고 가더라고요.

정말~?!

아~ 너무 부럽다~!!

아~ 진짜 너무 좋았겠다~!!

성빈이 너무 착하다.

성빈이 너무 멋있다~

주임님 성빈이 좋아하는구나…? 누구 좋아하면 다 티 난다더니 진짜네…

혹시 그 레스토랑에 온 이유가…

세상에~ 니나 씨를 구해줬다니~

니나 씨 너무 좋았겠다~!!

완전 백마 탄 왕자님 같아~~ 그치? 그치?

그냥 손잡이가 고장 난 거라 막 위험한 건…

아~ 성빈이는 정말 최고야~

진짜 성빈이는 파도 파도 미담밖에 안 나와.

업계에서도 성격 좋다고 유명하대~

으음~ 네에~

뭐, 저렇게 좋아하는데 괜히 초칠 필요 없지.

저도 옛날엔 엄청 팬이었어요.

… 옛날엔?

지금은 안 좋아해? 왜?

아차!

아… 그게…

안 좋아하는 게 아니라…

그냥… 요즘 영화를 못 봐서 자연스럽게 관심이…

적당히 둘러대자…

아~ 그렇구나.

요즘 성빈이 영화 찍는데, 개봉하면 꼭 봐~

우와… 주임님 성빈이 엄청 좋아하네…

하하…

아니다! 나랑 같이 보러 가자! 내가 보여줄게!

네?!! 아… 네… 좋아요.

아~ 아무튼 니나 씨 너무 부럽다~

난 성빈이 한 번만 실제로 만나면 소원이 없겠다~

하아~

어쩜 난 한 번을 못 마주치지…

난 진짜
남자복이 없나 봐…

…

막상 성빈이
실체를 알고 나면
정떨어질 텐데…

뭐, 어쨌건
주임님이 아직도
팀장님을 좋아하는 건
아니어서 다행이네.

한시름 덜었다~

응?

까똑!!

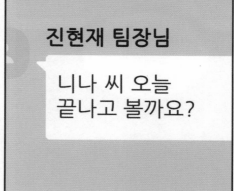

진현재 팀장님

니나 씨 오늘
끝나고 볼까요?

으음~ 어쩌지…?

오늘 회사 끝나고 복권 사야 되는데…

일일이 다른 번호로 안 겹치게 적어야 해서

시간이 오래 걸린다고.

가게도 옮겨야 하고…

게다가…

그럼 서울에 혼자 있는 건가요?

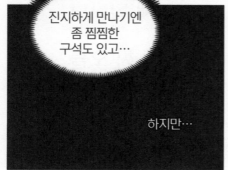

진지하게 만나기엔 좀 찜찜한 구석도 있고…

하지만…

니나 씨가 절 변하게 한 거예요.

마치 마법처럼.

아~ 어떻게 하지…?

아~ 결국 밥 먹고
차 마시고 다 했네.

복권은 내일 사지 뭐.

오늘은
집에 데려다줘도
될까요?

네?!

아… 아…
그게… 저…

아… 맞다…!!

좋아요.

저기…
그러면…

건물
입구까지만요…

집 앞에 길이 좁아서 보통 여기 큰길에서 내리거든요.

안 그래도 전에 올 때 골목이 외져서 위험해 보였는데…

그래서 빨리 이사 가려고요.

계약 기간은요?

서울 올라온 지 별로 안 됐다고 하지 않았어요?

아, 그게 좀 문젠데요~

그래도 좀 빨리 옮기고 싶어서요…

그 정도예요?

이 근처에서 무슨 일이라도 있었나요?

네?! 아뇨! 아뇨! 그냥… 좀 무서워서…

내가 매일 데려다주면 되겠네요.

네?!

저기… 그…

회사에서 너무 티 나게 잘해주는 것 같아요…

그래서
불편해요?

하지만

니나 씨
얼굴을 보면

화가 안 나니까
어쩔 수 없어요.

푹!!

아~ 정말!

솔직히
너무 이상해요!

팀장님은 제가
왜 좋은 거예요?!

귀엽고,
사랑스럽고~

아~ 그런 말
말고요~!

사실 그럴만한
계기가 전혀
없었잖아요.

41

다정은 핑계고, 사실은 혼나는 거 좋아해요?

그래서 자꾸 지각하는 거예요?

그건 제가 하고 싶은 말인데,

니나 씨야말로 저를 좋아하게 된 계기가 뭐예요?

휙-

끄응…

전 계기가 없는 게 아니라

말할 수가 없는 거예요.

계기가 서랍이라고 말할 수는 없으니까!!

네?!! 왜요?
뭔데요?!

저도 나중에
말해줄게요.

니나 씨도
비밀이잖아요.

저벅—

에휴~

저벅—

그 여자 때문에
집에 데려다 달라고
했더니,

오늘은 또 없네.

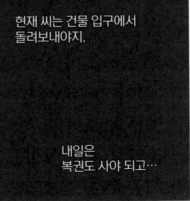

현재 씨는 건물 입구에서
돌려보내야지.

내일은
복권도 사야 되고…

아… 이젠… 정말…
돌려보내야 하는데…

집에 들여보내면
안 되는데…

집 안엔
서랍도 있고…

아…
저기…

현재 씨…
이제…

니나 씨,
정말 좋아해요.

다시
키스해줘요.

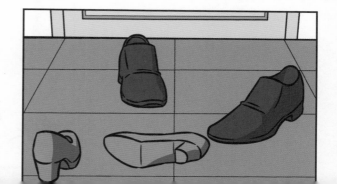

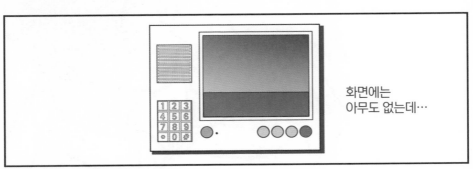

화면에는
아무도 없는데…

이 시간에 누구예요?

내가 나가볼까요?

아, 아뇨! 누가 실수로 눌렀나 봐요.

혹시 나 말고 남자친구 하나 더 있어요?

네?! 아뇨! 아니에요~!!

있으면 빨리 말해줘요.

만나서 손 좀 봐주게.

아, 진짜 아니에요~!

그리고 저희도 아직 사귀는 건…

그래서 이렇게, 사귀는 사이로 가는 중이잖아요.

아…

안 돼요! 이젠 집에 가요!!

입구까지만 데려다주기로 했잖아요.

니나 씨, 키스해줘요.

좋아해요 니나 씨.

아잇! 이제 그만!

그 말 하지 말아요!

빨리 가세요!

참고로
난 한가하니까

시간 나면
언제든 연락해요.

… 네.

그래요.
알았어요.

오늘은 이만
가볼게요.

… 니나 씨.

네?

왜… 왜요?

그냥… 니나 씨 취향이 귀여워서…

씨익-

니나 씨가 직접 산 거예요?

어… 어쩌지…?

뭐라고 대답하지…?

아… 그게… 어…

니나 씨.

왜… 왜요…?

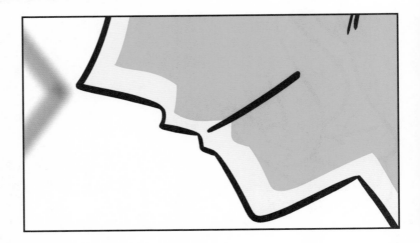

서울에 아는 사람이 없어서 저런 서랍을 사버렸나 싶어서…

디자인이 아무래도 내가 새로 하나 사줘야 될 것 같은데.

진짜 좋아서 산 거예요?

그… 그냥…

제 취향 이에요.

뭔가 그거 같네요…

그…

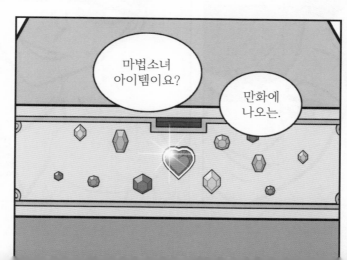

마법소녀 아이템이요?

만화에 나오는.

뭐, 그것도
닮았고…

니나 씨는
아직 그런 거
좋아해요?

네?

그냥 뭐… 어릴 땐
많이 봤죠.

요즘은 어른들도
인형이나 로봇 같은 거
많이 모으잖아요.

저도 수집해보고
싶은 건 있는데

뭐, 어때요.

집에
놓을 자리가
없어서…

아…
그게…

근데, 저건
무슨 만화에 나오는
건가요?

그…

아무튼,
니나 씨.

흠칫!!

슥-

언제든 시간 나면
연락해요.

우리 집 여기서
가까우니까.

… 네.

이만 가볼게요.
잘 자요, 니나 씨.

서랍 속 현재 씨도 좋지만,

진짜 현재 씨도
좋은 것 같아.

탁!

오늘은 서랍에
들어가지 말고
바로 자야지.

좋아. 복권도 다 샀고,

이제 집에 가서 당첨만 기다리면…

언니.

나 잠 안 자고 기다렸잖아.

…!!

언니,
나 돈 좀…

XX, XX, XX…

어차피 곧
이사 갈 거니까.
조금만 참자.

슈—

여…
여기…

언니, 있잖아.

돈을 이렇게 조금씩 주면,

우리 자꾸 만나야 돼.

그게 좋아, 언니?

가방에 돈 더 있지?

가방 이리 줘봐!

히익?!

안 돼!!

복권!!!!

파앙-!!

쿠웅!!

악!!!

어…
어어…

비틀-

비틀-

이…
쓰ㅂX이…

슥-

야.

6

나쁜 버릇은
잘 안 고쳐지지

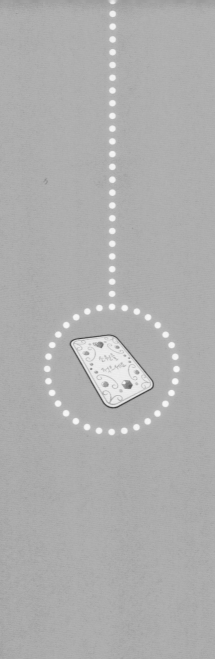

어제 왜
문 안 열어줬어~

내가
벨 눌렀는데.

!!!!

휘익-

꺄악!!!!

미… 미쳤어!

타앗!!

그냥 위협이나
하려던 게 아냐!

진짜로 죽일 기세였다고!

망설임 하나 없이
태연하게!!

겨우 도망쳤지만,
이제 어떻게 하지?!

이젠 집에도 못 들어가!

우리 집이 어딘지
알고 있으니까!

서랍…!

서랍은 어떻게 하지?!

안 돼, 몰라!
집으론 못 돌아가!

어떻게 해?
어디로 가지?

내가 서울에
아는 사람이라고는-

현재 씨~

니나 씨,
무슨 일이에요!

얼굴에 이 상처는
뭐예요?

누가 이렇게
한 거예요?

그… 그게…
그게…

그 여자에 대해서
말해야 하나?

어떻게 아는 사이냐고
물어보면 뭐라고 하지?

그 여자가
서랍을 찾다가
날 만났다고 할 순
없잖아.

경찰에 신고는
했어요?

당장 신고해요.
내가 같이 가줄게요.

네?! 아니! 그게!
잠깐만요!

현재 씨가
그 여자랑
대면할 일이 생기면
안 돼!

혹시라도 그 여자가
서랍에 대한 이야기를 꺼냈다간…!

내가 서랍을 하나
찾는 중이라서…

현재 씨는 지금 내가
서랍을 가지고 있단 걸
알고 있잖아!

내가 서랍을 주워 왔다는 걸
현재 씨가 알게 되는 것도 싫지만,

서랍이라면
혹시 그 분홍 서랍을
말하는 겁니까?

혹시라도 그 여자가 알게 된다면,

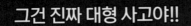

그건 진짜 대형 사고야!!

아뇨! 아뇨!
신고는 안 할
거예요!

절레-

절레-

괜히 신고해서
보복당할지도
모르고…

어차피
이사 갈 거니까…

…

그래요.
이해해요.

알겠습니다.

니나 씨 집엔
내가 데려다주고,

계속 같이
있어줄게요.

오… 오늘 당장은
집에 못 들어
가겠어요.

그럼
어떻게 하고
싶어요?

니나 씨
하고 싶은 대로
해줄게요.

…

혀…
현재 씨 집에…
가도 돼요?

윰쩔!!

아, 아니면,
그냥 호텔에-

… 아뇨.
괜찮아요.

저희 집으로
가죠.

다만,
미리 말해둘 게
있는데…

뭐…

뭐 이런 집이 다 있어…?!!

집에 가구가 하나도 없잖아?

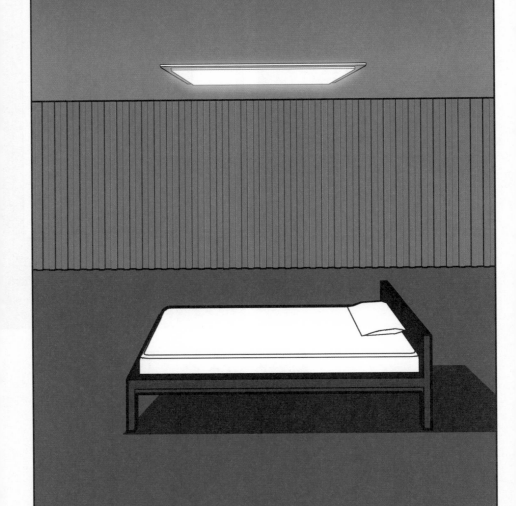

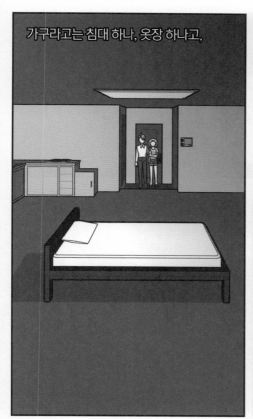

가구라고는 침대 하나, 옷장 하나고,

그것도 침대는 왜 방 한가운데에⋯

아까도 얘기했지만,

남자 혼자 사는 집이라 좀 썰렁해요.

아, 네⋯

이게 그런
수준인가…?

이렇게까지
아무것도
없다고?!

식사는 전부
밖에서 먹고,

세탁도
전부 맡겨서
살다 보니

집에 딱히
필요한 게
없어서…

네…

편하게 지내라고
하고 싶은데,

너무
아무것도 없어서
미안하네요.

필요한 짐은 없어요?

내가 니나 씨 집에 가서 가져와줄게요.

네?! 아뇨! 아뇨! 괜찮아요!

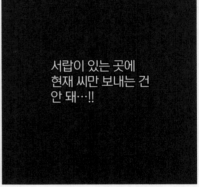

서랍이 있는 곳에 현재 씨만 보내는 건 안 돼…!!

그래요 그럼.

난 편의점 가서 세면도구랑 마실 것 좀 사 올게요.

편하게 쉬고 있어요.

네… 고마워요.

집이 너무 휑해서
기분이 이상해…

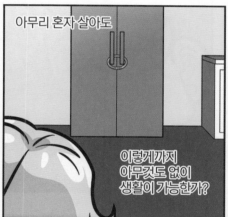

아무리 혼자 살아도

이렇게까지
아무것도 없이
생활이 가능한가?

엄청 불편할 것 같은데…

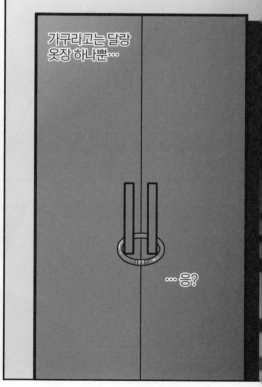

가구라고는 달랑
옷장 하나뿐…

…응?

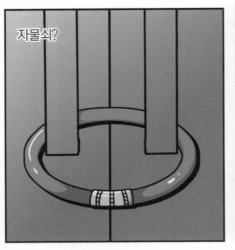

자물쇠?

왜 옷장에 자물쇠를 채워놨지…?

안에
뭐가 있길래…

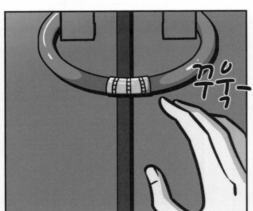

꾸욱-

틈이 살짝 생기는데,

한번 들여다볼까…?

남의 집 옷장을 들여다보는 건
예의가 아니지만…

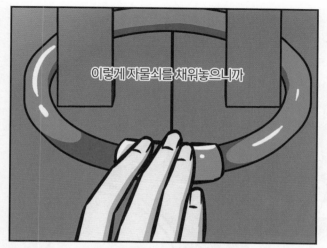

이렇게 자물쇠를 채워놓으니까

괜히 더 궁금하잖아…!

마실 거랑
급하게 필요할 것 같은
물건들만 좀 사 왔어요.

식사는
나가서 하죠.

자, 주스
괜찮아요?

아, 네…

종이컵…

니나 씨.

네?!

아까 나갈 때
깜빡하고 얘기
못 했는데,

여기서
지내는 동안-

저 옷장만큼은
절대로 손대지 마세요.

네…?

왜… 왜요?

부끄럽지만,

제가 옷장에 짐을 엉망으로 넣어놔서요.

쏟아질까 봐 잠가놓은 거니까 만지지 말아요.

저…

저 안에 뭐가 들어있나요…?

그야 당연히 옷이 들어있죠.

옷장이니까.

…

안에는
옷밖에 없어요.

거짓말…!!

옷장 틈이 너무 좁고,

아… 네…

조심할게요.

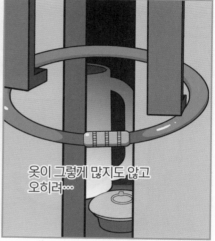

안쪽이 어두워서
거의 안 보였지만…

옷이 그렇게 많지도 않고
오히려…

…

난 오늘 이 집에
갑자기 들어온 거니까

나 때문에
옷장을 잠가놓은 건
아니야…

그럼 원래 저렇게 옷장을 잠가둔다는 얘긴데…

대체 이유가 뭐지…?

아무래도 그 동네에 계속 있는 건 위험할 것 같아요.

아예 니나 씨가 새로 방 구할 때까지 여기에 있는 건 어때요?

짐도 여기로 전부 옮기고.

니나 씨.

네?!

네에? 아뇨! 그건 좀…!!

니나 씨가 불편하면 어쩔 수 없지만,

걱정돼서 그러니까 천천히 생각해봐요.

아… 어떻게 하지…?

내 집엔 그 여자가 무서워서 못 가겠는데,

여기도 그냥 지내기엔 좀 이상해.

내가 현재 씨랑 오래 만난 사이도 아니고…

97

게다가

만약 여기로 서랍을 옮기게 되면,

앞으로 서랍을
사용할 수가 없잖아!

현재 씨가 서랍을
열어볼지도 모르고…

내가 서랍에 들어가 있을 때
서랍을 열기라도 하면…?!

여기에
서랍을 가져오는 건
절대 안 돼!

어차피
여긴 아무것도
없으니까

니나 씨가
원하는 대로 해놓고
살아도 돼요.

더 필요한 게
있으면
마련해줄게요.

그리고
저도-

뭐든
말만 해요.

니나 씨가 원하는 대로 전부 맞춰줄 수 있어요.

다정한 게 좋다면

다정하게 해줄게요.

아니면

지금 좀 혼내줄까요

아~ 정말! 그런 거 아니라고요!

쫘ㅡ

아무튼 천천히
생각해봐요.

시간은
많으니까.

끄응…

… 아무래도 그냥
호텔에 가는 게 좋겠어.

숙박비가 좀 부담되긴 해도,
서랍만 있으면
그 정도는 얼마든지…

저… 저…
집에 가볼게요…!

네?
갑자기 왜 그래요,
니나 씨.

혹시 제가 뭐
잘못했어요?
그런 거면 제가-

아뇨, 아뇨!
그런 거 아니에요!!
저 가볼게요!

흑다닥

니나 씨
잠깐만요

턱-

위험한데
제가 같이-

저… 저 혼자
갈게요!!

콩!!

니나 씨!!

아니, 번호가 전부 하나씩 작아!!

이건 그냥 틀린 게 아냐!

대체 왜 이런 거지?!
뭐가 진짜고 뭐가 가짜지?!!

서랍이랑 현실이 똑같은 건
왜 그런 거고,

다른 건 왜 그런 거야?!

일단 집으로 가서-

멈칫!!

하아-

하아-

하아-

하아-

ck Mart

하아-

하아-

하아-

후우-

후우-

성큼—

성큼—

쓰브…!

이번엔 나도
가만히 안 있어…!!

!!

다시는 말도
못 걸게 해주…

흐흑—

흐흑—

흐으윽

흐으윽

언니…
미안해…

미안해,
언니.

내가 너무
마음이 힘들어서
그랬어.

서랍을
못 찾아서…

너무
힘들어서…

흐흑—

나 도저히
못 견디겠어…

흐으윽—

나 도저히
못 살겠어…

언니…

나 오늘
죽을 거야.

언니. 그동안 미안해.

이제 나 신경 쓰지 마.

비틀─

비틀─

언니한테 사과하려고 기다렸어.

잘 지내, 언니. 잘 지내.

안 돼요! 그러지 말아요!

죽으면 안 돼요!

─라는 말이 안 나와…!

…

저 말이 진심일까? 정말 죽으려는 걸까?

저 말이 진짜라면…

칼은 괜히 샀네…

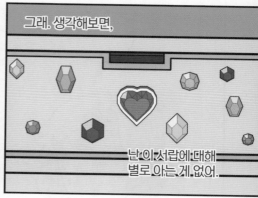

그래. 생각해보면,

난 이 서랍에 대해
별로 아는 게 없어.

이번 주 복권 번호가
전부 틀린 건,

분명 무슨 이유가
있을 거야.

그 원리를 알아내야 해!

왜 복권 번호가
틀렸는지 알고 싶어.

팔랑—

언니~

저는
공주라고 해요.
여공주.

뭐어어?!!!

공주? 여공주?!!!

그 미친 여자가
이 사람이라고?!!

완전 멀끔하게
생겼잖아?!

아니,
그정도가 아니라

단정하고 귀티 나는
미인인데?!

뭐지? 그 여자
과거 모습인가?

아니, 아무튼

이 여자가 여기
왜 나타났지?

난 그냥
복권이 왜 틀렸는지
알고 싶다고 썼는데…

언니, 복권 번호가
왜 틀렸는지
궁금해요?

아… 혹시 이 여자가–

서랍의 전 주인이라서
설명해주는 건가?

이번 주
복권 번호가
왜 틀린 거죠?

지난주에도
4개밖에 안 맞긴
했지만,

이번 주는
전부 틀렸어요.

그것도 하나씩
작은 숫자로.

저기…
그…

언니.

서랍과 100% 똑같은
결과를 얻고 싶으면

서랍과 100%
똑같은 과정을
거쳐야 돼요.

네?
그게 무슨…

현재가
미래를 바꾸니까요.

서랍이 미래의
복권 당첨번호를
알려줘도

현재의 언니가
복권을
사지 않으면
당첨되지 않아요.

현재의 언니가
서랍과 달리
무단횡단을 하면,

복권에
당첨되기도 전에
교통사고로
죽을 수 있어요.

현재의 언니가
술을 먹으면,

당첨된 복권을
잃어버릴 수도
있어요.

그 외에 수십,
수백 가지의,

언니가
의식하지 못한
모든 행동들이

나비효과를
일으켜서 미래를
바꾸는 거예요.

언니가
서랍과 똑같이
행동하면

서랍과 똑같은
결과가 나올 확률이
높아지고,

언니가 서랍과
다르게 행동하면

서랍과 똑같은
결과가 나올 확률이
낮아지는 거죠.

그러고 보니…

취업할 때에는

면접 과정을 현재 씨한테
자세히 물어보고 참고했는데,

복권을 살 때에는

그냥 당첨된 번호만
보고 나왔지…

2, 3, 11, 17…

중얼-

중얼-

119

하지만…

서랍 속 과정을 전부 보고 외워서
똑같이 따라 한다는 게 말이 돼?

게다가

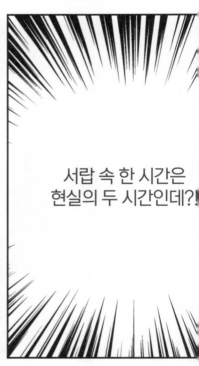

서랍 속 한 시간은
현실의 두 시간인데?!

언니.

정해진
미래대로라면,

언니가
복권 1등에
당첨될 일이
있을까요?

이 서랍은
단순히 내일의
날씨처럼

정해진 미래만
보여줄 수 있는 게
아니에요.

언니의 소원을
현실로 바꿔줄 방법을
보여줄 수도 있어요.

시간을 투자하면,
확률이 올라가요.

그래. 그런 거였어.

하긴 이런 신기한 서랍이
공짜일 리 없지.

그래서
시간이 두 배로···

근데 그럼 시간을 얼마나 써야 되는 거지?

하루만 들여다봐도
이틀이 지나가는데,

자는 시간은 제외해도,
반나절이면 하루가
사라지는 거야.

게다가 회사를 다니면서 시간을 내려면

퇴근 후 잠들기 전이나,

주말밖엔
시간이 없어.

안 그래도 지금
서랍 때문에

하루에 3~4시간밖에 못 자고
맨날 지각하는데…

역시 회사를
그만둬야 하나?

사실 복권에 당첨되기만 한다면,
회사는 굳이 안 나가도 되잖아?

어차피 지금까지도
현재 씨 때문에
계속 다닌 건데…

이젠 현재 씨랑도 많이 가까워졌으니까…

띵—동!!

!!

현재 씨?!!!

니나 씨, 괜찮아요?

그렇게 갑자기 나가서 전화도 안 받고…

아… 그게… 갑자기 급한 일이 생겨서…

저는 괜찮아요.

여기에 있는 거 무섭다고 했잖아요.

필요한 것만 챙겨서 저희 집으로 가죠.

네? 아뇨! 괜찮아요.

언니, 나 오늘 죽을 거야.

이제…

어쩌면…

이사 안 갈지도
몰라요.

네? 왜요?

아…
그게… 그냥…
어쩌면…

그래요.
아무튼 니나 씨가
괜찮으면 됐어요.

피곤할 텐데
늦었으니까
얼른 자요.

네…

…

팡!
팡!

현재 씨는
현재 씨 집에 가서
자요!

니나 씨 재워주고
갈게요.

저는 잠이
안 와서…

아, 정말~!

왜 이렇게 진도를 빨리 빼려고 하는 거예요!

저랑 스킨십하려고 만나는 거예요?

니나 씨.

저는 사실 다정한 남자는 아니에요.

하지만 다정한 남자가 되려고 무척 애쓰고 있어요.

그렇게 해서 니나 씨와 키스를 할 수 있다면

그것도 물론 좋겠지만,

제가 무엇보다 바라는 건

… 네?

비밀이요…?

왜요? 별로 안 궁금해요?

난 니나 씨랑 가까워지고 싶어서

큰맘 먹고 말해주려던 건데.

니나 씨야말로 제 몸만 노리는 거 아니에요?

아, 정말!

그래서
비밀이
뭔데요?

팡!
팡!

어휴 진짜~
별거 아니기만
해봐요!

털썩-

니나 씨.

사실 저는-

니나 씨가 없으면
잠을 못 자요.

네?

아…!

으유~ 진짜!
내가 이럴 줄
알았어요!

니나 씨
때문이란 건
농담이고-

예전 일 때문에, 불면증이 심하거든요.

당연히 아예 못 자는 건 아니지만

사실 혼자선 잠을 거의 못 자요.

그래서 일부러 무리하게 야근을 하거나

카페에서 한없이 시간을 보내는 거죠.

거기서 잠깐 눈 붙일 때도 있고.

아…

그래서 저렇게 초췌한 거였어?

그러고 보니…

과거에 대해선 묻지 말라고 했었지…

대체 무슨 일이 있었길래…

나중에 서랍에서…

저도-

네?! 네!!

이걸 고치고 싶은데,

쉽게 고쳐지질 않네요.

원래 나쁜 버릇은 잘 안 고쳐지잖아요.

하지만

제가 니나 씨랑
더 가까운 사이가
된다면,

모든 게
변할지도 모르죠.

사람을 완전히
바꿔놓잖아요?

원래
사랑이란 게

마치
마법처럼.

아…!

진도가
빠른 게 아니라,

순서가 바뀐 것
뿐이에요.

12시 지났으니
이제 일요일인데

현재 씨,
잠깐만요!!!

오늘도
할 일이 있어요.
이따가 봐요.

… 그래요.

늦었는데
얼른 자요.

… 네.

그래도 오늘 저녁은 같이 먹죠.

네,

좋아○…

7

복권 1등의 대가

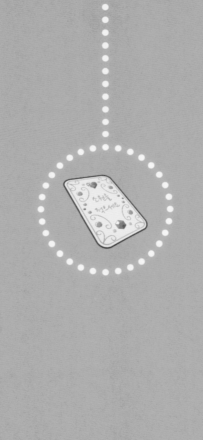

이 XXX이,
사람이 죽겠다는데
말리지도 않아?

?!!!

!!

이 X 같은-

휘익-

!!

145

니나 씨!!
경찰 불러요!!!

어어…!!
어…!

앞으로 네 인생
박살 내줄 테니까!!

어! 불러!!
불러봐, 어디!!!

어어어…!!!!

… 네?!!

왜?
네가 경찰 부르지
말라며.

지금 나가겠다면
나가게 해줄게.

대신,
지금 안 나가면

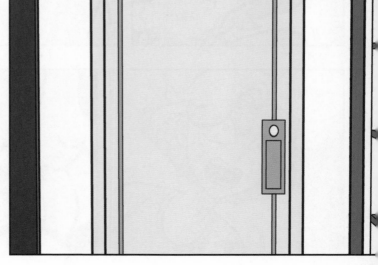

하아─

하아─

하아─

니나 씨.

네?!!

대충 짐 싸서
저희 집으로 가죠.

여기 혼자 있으면
안 되겠어요.

네? 네!

서랍…!

서랍은 어떻게 하지?

서랍은 못 가져가는데…

니나 씨.

네?!

전부터
궁금했는데

네?

아… 아뇨…
그냥…
아무것도…

바로 서랍부터
쳐다보길래

중요한 게
들어있는 줄
알았는데…

아뇨, 아뇨!!
전혀 아니에요!!

중요한 거
없어요!!

그래요?
그럼-

한번 열어봐도 돼요?

네에?!!

중요한 거 없다니까.

아뇨! 안 돼요!

절대 안 돼요!!!

내가 너무 격하게 반응했나?

아…

오히려 더 궁금해지겠어.

그냥 해본
말이에요.

얼른 짐 싸서
나가죠.

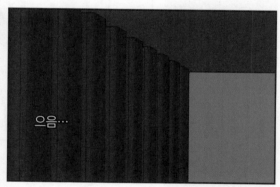

으음…

지금 몇 시지…?

어제 너무 힘들어서
그냥 잠들어버렸네.

내가 얼마나 잔 거지…?

암막 커튼 때문에
시간을 모르겠…

… 어?!

내··· 내가 먼저 일어나서
다행이다···

휴~

그나저나 현재 씨도
그냥 잠들었네.

하긴 어제 별일이
다 있었으니까.

어쩐지 불쌍하네…

평소에 잠을 거의 못 잔다더니

엄청 깊이
잠들었잖아?

괜히 깨우지 말고
자게 놔둬야겠어.

그나저나 지금
몇 시쯤 됐을까?

헐?!!
벌써 오후 1시야?!

엄청 늦잠 잤잖아?!!

현재 씨는 언제쯤 일어나려나…?

혼자서 딱히 할 일도 없고…

휴대폰이나 하고 있을까?

오후 2:17

까득—

까득—

까득—

까득—

까득—

까득-

까득-

까득-

까득-

슬쩍-

탁-

탁ㄱ탁ㄱ탁ㄱ탁ㄱ-

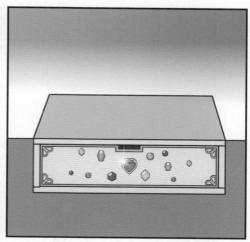

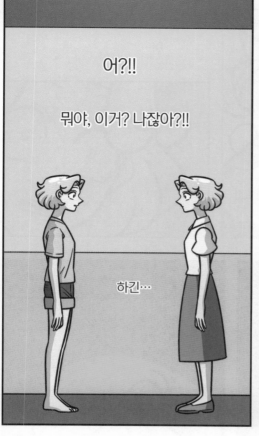

어?!!

뭐야, 이거? 나잖아?!!

하긴…

내가 어떻게 복권에 당첨되는지 보여달라고 했으니

당연히 내가 나오겠지.

저… 저기… 어?!

스윽ー

엥?! 뭐야?!! 지금 날 통과해서 지나갔어?!!!

저기!!!
저기요!!!

저벅—

저벅— 저벅—

저기요!!

어…?

내 목소리가
안 들리는 건가?

내 모습도
안 보이고?

뭐야,
그럼 이거…

완전 투명인간이잖아?!!

쑤욱—

으아~
벽도 막 통과하네~!

와~ 이거 재밌다~!!

아 참, 내가 지금
이러고 놀 때가 아닌데…

앗, 현재 씨다!

역시…

서랍 속의 현재 씨가 더 멀끔하고…

··· 어?

뭔가 좀 이상한데···

현실의 현재 씨는···

팀장님.

응?

앗, 나다!

지난주에 말씀하셨던-

맞아. 내가 종일
뭐 하는지 지켜봐야 되지?

내가 뭐 하는지
지켜보는 것도
꽤 재미있는데?

메모할 노트라도
가져올 걸 그랬네.

그나저나ー

저쪽에 앉아서
구경해볼까?

타닥ー

타닥ー

타닥ー

타닥ー

타닥ー

타닥ー

지루해 미치겠네!!!!

내가 무슨 특별한 일을
하는 것도 아니고,

그냥 회사에서 일하는 걸
보고 있으려니

지겨워서
미칠 것 같아!!!

짜깍-

퇴근 시간까진
한참 남았는데…!!!

짜깍-

마음 같아선
2배속으로 보고 싶다!

아니, 잠깐!
정말 2배속으로 보면 안 되나?

까짓것 카드 한장 더 쓰면 되잖아?

지잉-

아~

진작에 이럴걸.

오후7:01

부재중 전화
6통

2배속으로 보니까 1시간 금방 지나가네.

째깍-   째깍-

째깍-   타닥-

타닥-   타닥-

타닥-   짤깍-

째깍-   째깍-

째깍-

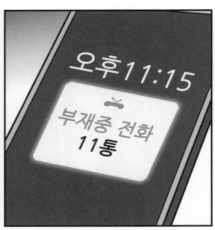

오후11:15

부재중 전화
11통

지이이잉-

진현재 팀장님
010-0000-0000

지이이잉-

지이이이잉-

지이이이잉-

니나 씨,
우리 잠깐 커피
한잔 할까?

네?
좋아요.

어? 뭐지? 주임님이
무슨 얘기 하는 거지?

발떡!

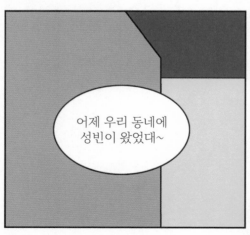

어제 우리 동네에
성빈이 왔었대~

근데 난
그것도 모르고

집에서 낮잠
잔 거 있지…

2배속이라 말이 좀 빠르네…

에휴휴~

난 어쩜 이렇게 운이 없지?

제가-

성빈이 내일 어디 가는지 알려드릴까요?

응? 니나 씨가 그걸 어떻게 아는데?

음~ 자세한 건 비밀인데,

사실 제가 성빈이 스케줄 전부 알아낼 수 있거든요.

서랍이 있으니까…?

내가 서랍으로 성빈이 위치를 미리 알아내서

주임님한테 알려주면,

주임님이 나한테 복권을 사준다는 거지?

그럼 회사를 가긴 가야겠네.

일단 서랍 밖으로 나가자.

서랍에 오후 3시쯤 들어와서 4시간 정도 있었으니까

현실은 8시간쯤 지났겠지?

그럼 지금 밤 11시 조금 넘었겠…

뭐?!!!!!

왜?!!!
왜 아침 7시야?!!!
대체 왜?!!!

설마…

설마…

서랍에서
2배속으로 돌린 시간은-

빨리 출근해서 주임님한테 복권 사달라고 해야 돼!!

아··· 완전 좌불안석이네···

현재 씨한테 말도 없이 집에 가버린 데다가

연락도 종일 안 받았으니···

현재 씨 엄청 화났겠지···?

힐끔—

··· 현재 씬 원래 저런 표정이라 화난 건지 아닌 건지 모르겠네.

그치만 당연히 화났겠··· 응?

치익—

어…??? 뭐지? 화 안 났나…?

근데 저건 저거대로 무서워…!!!

니나 씨.

네?!

우리 잠깐 커피 한잔 할까?

왔구나!!!!

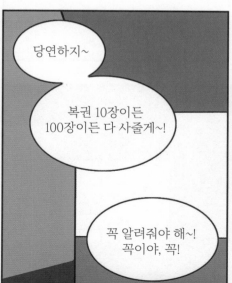

당연하지~

복권 10장이든 100장이든 다 사줄게~!

꼭 알려줘야 해~! 꼭이야, 꼭!

좋아. 오늘 퇴근하고 서랍에 들어가서

성빈이가 내일 어디 있는지 알아내야지.

응?

까똑!

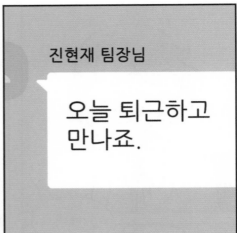

진현재 팀장님

오늘 퇴근하고
만나죠.

아…

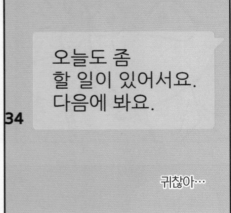

오늘도 좀
할 일이 있어서요.
다음에 봐요.

34

귀찮아…

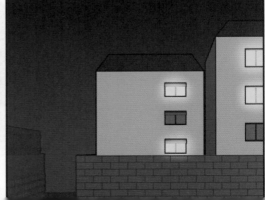

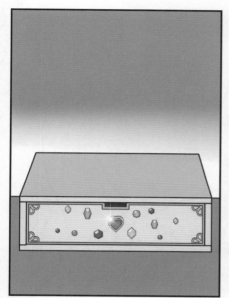

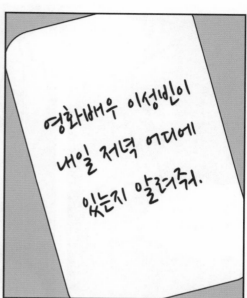

영화배우 이성빈이
내일 저녁 어디에
있는지 알려줘.

꺄약-!!

야!!
너 뭐야?!!

어…?

뭐…

탁탁탁탁 ─

뭐야, 이게?!!!!

그러니까… 내가 내일…

…

성빈이 오늘 9시에 내이동 N빌라 앞에서 약속 있대요.

주임님한테 성빈이 위치를 알려주면,

게다가 그 꼴을 당해놓고,
나한테 복권을
사줘야 한다고?!

성빈이한테
여친 있는 것도 알게 되고,

뺨까지 맞는 거야?!!

뭐야, 그게!!!
주임님 너무 불쌍해!!!

아이씨!
어떻게 하지?

내일
성빈이 위치를
알려줘? 말아?

정해진
미래대로라

언니가 복권 1등에
당첨될 일이
있을까요?

어쩌면…

주임님도 차라리…

…

정말?!!
정말 오늘 밤 9시에
성빈이가 거기에
있다는 거지?

아… 네…

아~ 근데 막
찾아가도 되나?
성빈이 불편할까 봐~

이 기회에 빨리 마음 접는 게
좋을지도 몰라…

뭐… 성빈이
착하니까…
괜찮을 거예요…

이게 복권
1등이 되기 위한
대가인가…?

그래도
이 정도딘

아…

마음이 너무 불편해…

미안해요 현재 씨.
오늘도 바빠요.

이번 주는 내내
바쁠 것 같아요.

:54

까뜩!!

진현재 팀장님

무슨 일인지는 모르겠지만
니나 씨 집은 너무 위험해요
우리 집에 와서 자요.

서랍 때문에
그럴 수가 없다고요~!

엉엉~

나도 현재 씨랑
데이트하고
싶지만~

회사를 다니면서
서랍을 보기엔 시간이
너무 부족해!!

스윽

근데 서랍 속에선
내가 회사를 다니고
있으니까

회사를
안 갈 수가
없잖아~!!!

으아아~

잠을 아예 안 자고
서랍에만 있어도-

그렇다고 시간을
2배속으로 돌리면,

현실 시간은 4배로 빨리 지나가서
완전 조삼모사야.

괜히 말만 빨라서
잘 안 들리고…

내 하루 일과를 다 볼 수가 없다고~!!!

하지만…

이번 주에 복권만 당첨되면,

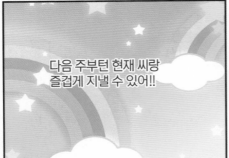

다음 주부턴 현재 씨랑
즐겁게 지낼 수 있어!!

좀 있으면 주임님
성빈이 만날 시간이네…

밤 9시라고 했으니,

지금은
나갈 준비 하고
있으려나…?

어휴~ 난 빨리
서랍에 들어가서

내일 내가
뭐 하는지나
봐야지.

주임님 내일
엄청 상처받아서
출근하시겠지…?

내가 어떻게
1002회 복권 1등에
당첨됐는지 보여줘!

주임님,
죄송해요~!

제가 복권 당첨되면
꼭 보답할게요~!

타앗~

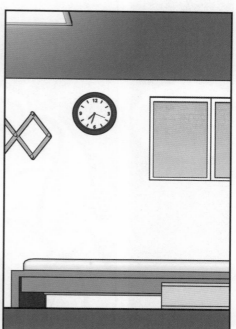

악!!!

쿠당탕!!

어?! 어?! 어어어어?!!
말도 안 돼!!

진짜?!! 진짜로?!!

허억~

헉~

헉~

헉~

허억~

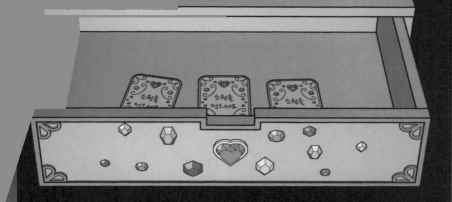

차도에 뛰어들어서?!!!

이게 복권 1등이 되기 위한 대가인가…?

그래도 이 정도면…

아냐… 그게 아니었어!! 진짜 대가는…!!

휘익—

지… 지금!!! 지금 몇 시야!!!

8시 반?!!!

이… 일단! 일단 나가서!!

지금이라도 가서 막으면 돼!!

지둥—

허둥—

주임님! 주임님!! 전화 받으세요!!!

아, 왜 전화를 안 받아!!

벌컥—

허…
현재 씨…?!

니나 씨.
요즘 뭐가 그렇게
바빠요?

현재 씨!!
저 지금 급한 일이
있어서!!!

나중에!!
나중에 봐요!!

현재 씨,
미안해요!!

니나 씨!

끼익-

여기요!
여기서 내려주세요!

두리번-

두리번-

아직 9시니까,
성빈일 지금 막 만난 거면,

아직
막을 수 있어!!

적어도 차에
뛰어드는 것
만이라도…!!

대체 왜
전화를 안 받는 거야!!

이름이 뭐예요?

김나경이요. 김나경.

네~ 나경 씨, 행복하세요~

...어 진짜 팬이에요. ...킨 씨 나온 작품은 ...00번씩 봤어요.

와~ 진짜요? 감사합니다.

저 진짜 배우님 무대인사나 사인회 같은 거 너무 가고 싶었는데

매번 갑자기 아프거나 출장이 잡혀서…

아이고~ 저런.

제가 정말 정말 운이 없거든요…

에이~ 운이 왜 없어요.

오늘 이렇게 만났는데~!

심지어 저 오늘 9시에 약속인데 일찍 도착한 거예요.

아, 정말요?

아 진짜~!! 왜 이렇게 전화를 안 받는 거야!!!

뚜르르르-

뚜르르르-

주임님?!!!!

니나 씨?

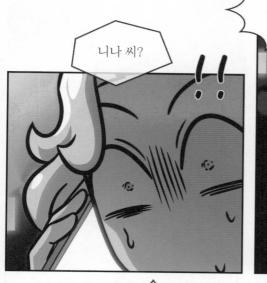

니나 씨, 왜 이렇게 전화를 많이 했어!

주임님!!! 지금 어디세요?!!

나? 어디긴-

당연히… 어머, 니나 씨?!

니나 씨 왜 여기까지 왔어?

주임님!!! 거기!! 거기 계세요!! 제가 갈게요!!!

니나 씨~!
이것 봐~!!

나 성빈이한테
사인-

안 돼!!!
안 돼!!!

안 돼!!!

어머!

팔랑-

!!!

배우 이성빈 사망

톱스타 故 이성빈
하늘의 별이 되다.

故 이성빈 마지막까지
빛나는 선행

도로 위 행인 구하려다 참극

마음까지 톱스타였던 故 이성빈

니나 씨!
니나 씨!

니나 씨,
문 좀 열어줘요.

...

니나 씨.

아무것도
안 물어볼게요.
아무런 말도
안 할게요.

그냥 안아만
줄 테니까
문 열어줄래요?

달칵-

끼이익-

현재 씨~!!!
현재 씨~~!!

엉엉-

괜찮아요.
괜찮아요.

내가 밤새 같이
있어줄게요.

쪽-

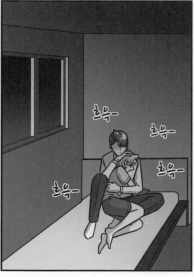

흐윽-

흐윽-

흐윽-

흐윽-

현재 씨…

네,
니나 씨.

저…
주임님은…

김 주임도
오늘 회사
안 나왔어요.

… 네.

아… 전부
나 때문이야…

내가 그런 소원을
바라서…

나 때문에
성빈이가…

나 때문에
주임님이…

하지만… 서랍에서는 분명…
내가 가지 않았다면 주임님이…

아냐!
이런 생각 자체가
잘못된 거야!!

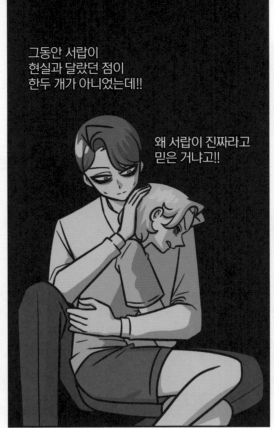

그동안 서랍이
현실과 달랐던 점이
한두 개가 아니었는데!!

왜 서랍이 진짜라고
믿은 거냐고!!

··· 왜냐면
진짜랑 똑같은
점도···

아냐! 이런 생각 하지 말자!!

저 서랍이 모든 걸 망쳤어!

당장 저 서랍을
버려버리겠어!!!

현재 씨···

네,
니나 씨.

미안한데, 지금
집에 가줄래요?

혼자 할 일이
있어요…

…

언제든지 전화해요.
새벽 3시든 4시든
괜찮으니까.

네…
고마워요…

터벅-

터벅-

터벅-

그래. 잘했어. 잘한 일이야.

니나 씨이~

더 이상 저 서랍에 휘둘리지…

주...
주임님?!!!

여... 여길
어떻게!!!!

내가
복권 사주기로
했잖아.

회사 들러서
니나 씨 주소 보고
찾아왔지...

네? 지금
이 시간에요?!!

어, 어.

급해서.

자, 여기.
복권.

받아.

주…
주임님!

내일은
회사 나오실
거죠…?

아니, 당장은
아니더라도…

아니.

나 이제
회사 안 가.

네?!!

니나 씨.
꼭 1등 해.

꼭 1등
당첨될 거야

니나 씨,
안녕. 잘 지내.

… 주….
주임님…

바…
방금… 분명

'급해서' 라고
했지…?

급하다고…?!
뭐가…?!

왜 이 시간에 회사까지 갔다가
나한테…

설마…!!!!

스윽—

주…!!!

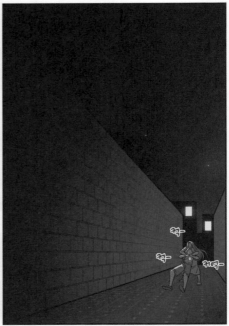

이 XXX아.

그땐 남친 믿고
기세등등했지?!

내가 너
죽일 거야!

내가 너
죽여버릴 거야!!

버둥-
버둥-
버둥-

이 X 같은…

… 어?!

어…?!

어…?!

쿵!!

어어어어?!!!
어어어어억!!!!!

찾았다…

찾았다…!!

펜! 펜!
펜! 펜!

뒤적-

뒤적-

아아아아…

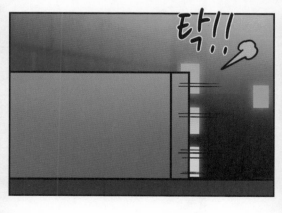

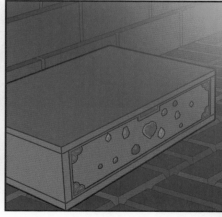

8

벗어날 수 없다

하아-

하아-

하아-

턱-

이 XXX이…!!

죽어,
이 XXX아!!!!

파앗!!!!

서랍을 가져간 게
너였잖아?!!!

이 X 같은 X!!!!

왜?!!

이 서랍을 한 번이라도
써 본 사람은

크으윽-

쿵!!

목숨이 붙어있는 한

절대로 서랍을
포기 안 할 테니까!!

떠억!!

꺼억!!

아니!!! 포기할 수가 없지!!

휘익—

휘익—

허익—

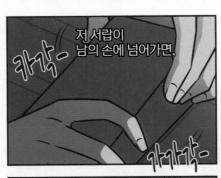

카각—

저 사람이
남의 손에 넘어가면,

까가각—

도망치거나
숨을 수도 없어!

이 XXX아!!!

떡!!

그 사람이
날 죽이러 올 텐데?!!!

아아악!!!!!!

저 서랍만 있으면

어디에 숨어도
전부 찾아낼 수 있으니까!

그러니까-

이 서랍은-

덥석!!

자신 외의 사용자가 있으면
안 돼!!

니…

니나 씨?!

하아―

하아―

하아―

현재 씨.
저… 저… 여기서
좀… 재워줄래요…?

그… 그리고 주임님!!

주임님한테 지금 전화 한번 해주세요.

주임님 죽을지도 몰라요!!

네?!

이… 일단 안으로 들어와서 좀 누워요.

김 주임은 내가 연락해볼 테니까.

네… 고마워요… 고마워요, 현재 씨.

덜덜덜-

233

아아아…
왜 일이 이렇게
돼버린 거지?

이 서랍을 부숴버릴까?

아니면 멀리
바다에 던져버려?

그럼 그 미친 여자는?

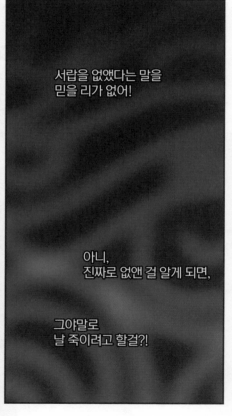

서랍을 없앴다는 말을
믿을 리가 없어!

아니,
진짜로 없앤 걸 알게 되면,

그야말로
날 죽이려고 할걸?!

아…

내가 서랍을 골목에 버릴 땐

그 여자가 서랍을 다시 찾아가도 괜찮다고 생각했는데,

찾자마자 누가 서랍을 썼는지부터 확인할 줄이야…!!

그 여자는 자기 말고 다른 사용자가 있는 게 두려운 거야…!!

자기 서랍을 언제 다시 노릴지 모르니까!!

내가 이 서랍을
다신 안 찾겠다고 말하면
믿어줄까?

아니, 나야말로
그 여자를 믿을 수 있을까?

둘 다 서로를
평생 못 믿을걸?

러니…
서랍에서 벗어나려면…

결국…

니나 씨.
김 주임이 전화를
안 받는데…

김 주임 집에 좀
다녀올게요.

네…

니나 씨는
푹 쉬어요.

지금 같이
못 있어줘서
미안해요.

아뇨…
괜찮아요…

금방 올게요.
별일 없을 거예요.

철컥-

탁-

주임님…
정말 죽으려는 걸까…?

아아… 나 때문에
주임님까지…!!

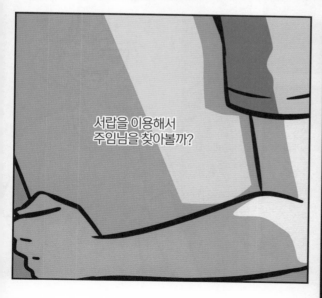

서랍을 이용해서
주임님을 찾아볼까?

아냐!
서랍을 어떻게 믿어?

성빈이 일을 겪어놓고,
또 서랍에 의존하겠다고?!

이것 말고는
딱히 다른 방법이
없잖아…

지금 김 주임님이
어디에 있는지
보여줘!

하지만…

주…

주…

안에 있다고요?

지금은 문을 안 열어줘서 들어갈 수가 없는데,

일단 소방서에 연락해 볼게요!

잠깐만요!! 제가 금방 다시 전화할게요!!!

제 전화 받아요!!!

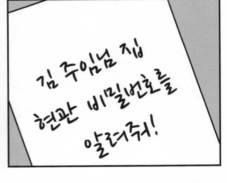

김 주임님 집 현관 비밀번호를 알려줘!

000000*!!

000000* 이에요!!

주임님 현관 비번!!!

··· 알겠어요,
니나 씨.

어··· 어떻게 됐지?

하아-

하아-

하아-

현재 씨가
주임님을 구했을까?

나경 씨!
괜찮아요?

팀장님~!!!

저에게는 왜
이런 일만
생기는 거죠?

너무
고통스러워요.

도저히
버틸 수가 없어요.

나경 씨.
이런 행동은
하지 말아요.

마음이
괴로운 건
알겠지만

그렇다고
이런-

팀장님, 좋아해요.

팀장님도 알고 있었잖아요.

왜 니나 씨예요?

팀장님이 니나 씨를 좋아할 리 없잖아요.

김 주임. 지금 힘든 거 알아요.

왜 저는 안 돼요?

그때 그 일 때문인가요…?

죄송해요.
팀장님.

제가…
지금…

알아요.
이해해요.

아…

지금 한 말은
다 잊어주세요.

며칠만 쉬었다가
다시 출근할게요.

그래요.
좀 쉬고 나면
훨씬 좋아질
거예요.

무슨 일 있으면
전화 줘요.

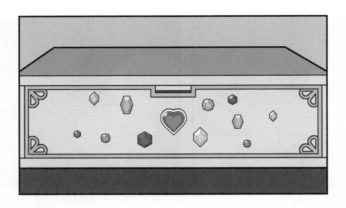

철컥

니나 씨,
안 자고 있었어요?

김 주임 일은
잘 해결됐으니
걱정하지 말아요.

네…

늦었는데,
얼른 자죠.

내가 방금 서랍 속에서 본 건
사실일까?

정말 주임님이
현재 씨를 좋아하고,

현재 씨는…

팀장님이
니나 씨를 좋아할 리
없잖아요.

아냐! 서랍 속에서
일어난 일은 신경 쓰지 말자!!

더 이상 서랍은
믿지 않기로 했잖아!

내가 서랍을 믿는 바람에
성빈이가…!

니나 씨,
잠이 안 와요?

네?!
그… 그냥…
좀…

니나 씨가
귀여워서.

나도
그래요.

아… 현재 씨
불면증이…

니나 씨. 당분간
아무 생각 하지 말고,
그냥 푹 쉬어요.

내가 다 알아서
할 테니까.

니나 씨 마음만
편하면 돼요.

네, 현재 씨…
고마워요…

아··· 현재 씨가
너무 좋다···

난 이만 출근할게요.
니나 씨는 더 자요.

네··· 조심해서
다녀오세요.

탁!

대체
과거에 무슨 일이
있었던 거지?

현재 씨가 과거에 대해선
묻지 말라고 했었지!

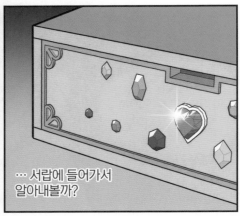

··· 서랍에 들어가서
알아내볼까?

절레-

절레-

아냐!!
그런 생각은 하지 말자!

서랍엔 더 이상
안 들어가기로 했잖아!

어젠 주임님 때문에
어쩔 수 없이 들어갔지만,

이젠 진짜 안 돼!

저 서랍 때문에
성빈이가 어떻게 됐는지
잊었어?!

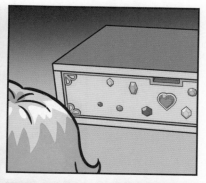

안 되겠어…!

아예 들어가지 못하게
테이프로 막아버리자!

255

사실 현재 씨가 좀 이상하긴 해.

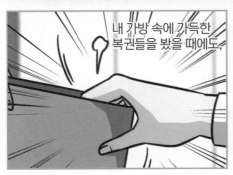

내 가방 속에 가득한
복권들을 봤을 때에도,

그 미친 여자가
우리 집에 들이닥쳤을 때에도,

내가 한밤중에 서랍은
왜 안고 달려왔는지,

얼굴은 왜 이렇게
얻어맞았는지,

주임님이 집 안에 있다는 건
어떻게 알았는지,

주임님 현관 비번은 어떻게 알아냈는지!

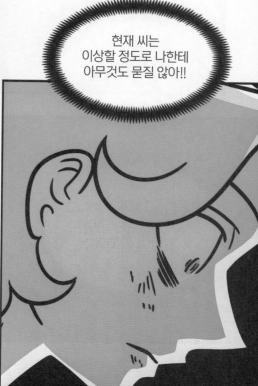

현재 씨는
이상할 정도로 나한테
아무것도 묻질 않아!!

그동안 현재 씨가
내게 한 질문들은 주로,

내 주변 사람과
서랍에 관한 내용뿐!

역시 나한테
어떤 목적을 가지고
접근한 건가?

지익-

지익-

처음부터 뭔가 이상하다고
생각하긴 했지만…

지익-

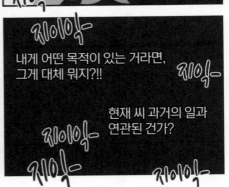

지이익-

내게 어떤 목적이 있는 거라면,
그게 대체 뭐지?!!

지익-

현재 씨 과거의 일과
연관된 건가?

지이익-

지익-

지이익-

대체
과거에 무슨 일이
있었던 거지?!!

니나 씨…

정말 꼭
제 과거의 일을
듣고 싶어요?

그 얘기만큼은
정말 하고 싶지
않지만…

니나 씨가
원한다면
어쩔 수 없죠.

사실…
예전에-

집에 도둑이
든 적이 있어요.

도둑…?

처음엔
도둑인 줄도
몰랐죠.

대놓고 집을
난장판으로 만든 게
아니라

돈이랑 물건이
아주 조금씩
없어졌거든요.

그래서 그냥 제가 잃어버린 건가 싶었는데…

갈수록 점점 그 정도가 심해지고,

그때부턴 저도 뭔가 이상한 걸 느끼기 시작했죠.

그래서 중요한 물건은 전부 옷장에 넣어두고,

다른 짐들은 최소화했죠.

아…!!

네?!!

아니,
정확히 말하면-

범인은 옷장 안에
[노]트북이 숨겨져있단 걸
이미 알고 있었죠.

그래서
카메라에 잡히질
않았던 거예요.

하지만
그다지 훔칠
물건이 없자

자연스레
발길이 끊겼죠.

아니,
끊긴 줄 알았어요.

어느 날 밤,
이상한 기척이 느껴져
눈을 떠보니

으음…?

웬 남자가
칼을 들고 서있기
전엔.

네에?!!!

몸싸움 끝에
겨우 놈을
붙잡았는데,

알고 보니
한 달 전에
퇴사한

제가
무척 믿고 아끼던
회사 후배였어요.

사적으로도
자주 어울렸었던.

대체 왜
이런 짓을 했는지
물어보니

놀랍게도
도박빚
때문이었고,

어느 순간부터 유난히 살갑게 굴며-

오늘 좀 재워주시면 안 돼요?

제 정보를 수집한 뒤,

삐빅-

삐빅-

삐빅-

삐빅-

삐빅-

회사를 그만두곤

제 집을 들락거렸던 거예요.

처음엔 들키지 않으려고

조금씩 돈을 훔치다가

제가 귀중품을 전부 치워버리자

저를 협박해서 돈을 뺏으려고 한 거죠.

정말
충격이었어요.

겉보기엔
정말 착하고 건실한
후배였는데

뒤로는
유흥, 도박, 폭력을 일삼는
인간이었던 겁니다.

사실 그 전까지는
제가 사람을 꽤 볼 줄
안다고 생각했거든요.

완전히
오만이었던 거죠.

더 이상 사람을
못 믿겠더군요.

그때 그 녀석이
비밀번호를 누르고
들어오는 소릴
못 들었던 것 때문에

침대를
방 한가운데로
옮겼지만

더 이상
깊은 잠을 잘 수가
없었어요.

심한 불면증에
시달렸죠.

덕분에 한동안
성격이 많이
안 좋았어요.

니나 씨를
만나기 전까진.

저…

그 사람은 어떻게 됐나요?

그때 절 밀치고 도망친 이후로는

완전히 잠적해버렸어요.

경찰에도 신고했지만

별다른 소식은 못 들었네요…

근데…

그 사람은 어떻게…

팀장님 옷장 안에
노트북이 있다는 걸
알았던 거죠?

저도 사실
그게 가장
의문이었는데

알고 보니
그 후배가-

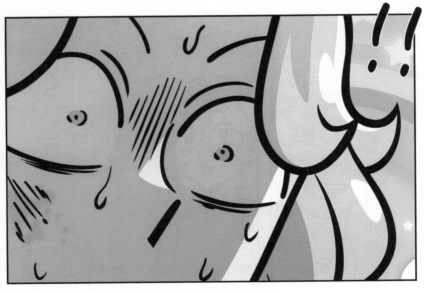

팀장님이
옷장 안에 카메라를
숨겨놓을 거래.

김 주임과
연인 사이였더군요.

네에?!!!

제가
회사에서 했던
얘기들을

김 주임이
그 후배에게
전했던 것 같아요.

팀장님이 집에 자꾸 도둑이 드는 것 같다고,

옷장 안에 카메라를 숨겨놓을 거래.

제가 이 고민을 말한 건, 오직 김 주임뿐이거든요.

네?! 그럼 설마 주임님도…

아뇨, 김 주임이 알고 그런 건 아닐 거예요.

그 녀석이
김 주임한테도
온갖 나쁜 짓은
다 했거든요.

금품 갈취에,
폭력에, 바람에…

저처럼
김 주임도
이용당한 거죠.

나는 이제
남자 안 만나.

남자 보는 눈
없어서…

아…

그날부로
남친이 말도 없이
갑자기 사라졌으니

김 주임도 무척
힘들어했지만

그래도
그런 놈과
헤어지게 돼서

차라리
잘된 일이었다고
생각해요.

아무튼,
우리 둘 다 그 녀석을
수소문하다 보니

저는 그 녀석이
김 주임과 사귀었던
사실을,

김 주임은
그 녀석이 저희 집에
들락거렸었단 사실을
어찌어찌
알게 됐는데,

서로
그 이야기를
꺼낸 적은
없어요.

그냥 둘 다
암묵적으로
없던 일처럼
지냈죠.

그 뒤로…
김 주임은

그래도
금방 마음을
잡았지만

제가 좀
오래, 많이
삐뚤어졌었죠.

뭐, 대충
그런 얘기예요.

이제 궁금증은
다 풀렸나요?

아…

뭔가 그럴듯하긴
한데…

이 말이 정말
사실일까…?

277

아직 현재 씨 돌아오려면 멀었으니까…

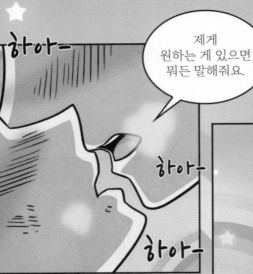

제게
원하는 게 있으면
뭐든 말해줘요.

앞으로 서랍엔
더 이상 안 들어올 거니까…

니나 씨가
시키는 거라면
전부 다 할 테니까.

니나 씨가 원하는 건
뭐든지 할 수 있어요.

이번이 진짜
마지막이니까…!!

하아ー

점심은
뭐 먹었어요?

아… 그냥…
그냥… 밥이요…

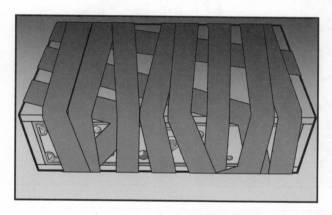

저… 저기…
회사에선 별일
없었어요?

뭐…

엉망이죠…

니나 씨,
다녀올게요.

네, 현재 씨.
조심해서 다녀오세요.

탁!

벌써 금요일이네…

아침은
뭘 먹지…?

이 집은 조리도구도 없고…

매번 밖에서
사 먹어야 하나…?

조금만 더
누워있어야지…

아…
귀찮아…

아~
배불러~

아침도 못 먹어서
많이 시켰더니
다 남았네…

아, 치우기
귀찮아…

이따가
치우자…

후우~

그 여자 때문에 집에 돌아갈 수가 없어…!

내가 서랍을 가져간 걸 알아버렸으니,

이젠 정말 날 죽이려고 들겠지?

회사는 이대로 그만둬야 하나?

만약 주임님이 회사에 다시 나온다면…

난 회사엔 절대 못 가!!

서로 괴로워서 죽고 싶을걸?!

그럼 앞으로
생활비는 어떻게 하지?

내 집 월세는?
공과금은?

니나 씨
꼭 1등 해.

저번에 복권 당첨된 돈이
좀 남긴 했지만,
오래는 못 버텨.

이게 진짜
1등 복권일까…?

그때 서랍에서
다 못 보고 그만됐는데…

아…

그 장면이
잊히질 않아…!!

너무너무 행복해~!!!

방금까지 걱정하고 고민하면서
괴로워했던 게
어떤 기분이었는지 생각도 안 나!

이렇게 마음이
편하고 즐거울 수가 있구나~

이런 기분은 처음이야!!

아~~ 현재 씨~!!!
너무 좋아요~!!!

와락-

아~ 정말 좋다~!

아~ 행복해~!!

너무너무 행복해서
미칠 것 같아~!!!

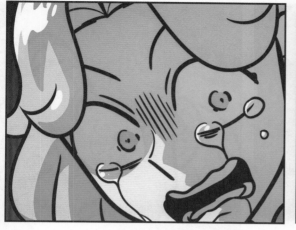

하지만
현재 씨가 이제 곧
돌아올 텐데…!

이… 이 쓰레기들은 어쩌지?

이 쓰레기를
없애줘!

파아앗—

와르르—

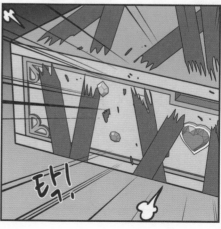

탁!

어…
없어졌나?

드르륵-

진짜로…

완전히 사라졌어

지… 진짜
사라졌잖아?!

아…
아무튼!!

이제 빨리
테이프로
감아놔야 돼!!

허둥-

지둥-

혹시라도
현재 씨가 열어보면
안 되니까!

지이익-

까톡!

… 어?

진현재 팀장님

니나 씨 오늘 일이 많아서
좀 많이 늦을 것 같아요.
먼저 자요, 니나 씨.

아~ 너무 좋다!

아~
너무너무 행복하다~

여기에 있으니까
너무너무 좋다~

지금쯤이면
현재 씨 돌아왔으려나?

뭐, 어때.

아~ 너무 좋아~
행복해~!!

… 봤나?!

내가 서랍에서
나오는 걸?!!

설마…
지금 시간이 몇 신데…
자고 있었겠지…!

3권에 계속

선행은 선행을 부르고

303

니나의 마법서랍 ❷

지은이 | 랑또

초판 1쇄 인쇄일 2022년 8월 1일
초판 1쇄 발행일 2022년 8월 16일

발행인 | 한상준
편집 | 김민정, 강탁준, 손지원, 최정휴, 정수림
디자인 | 김경희
마케팅 | 이상민, 주영상
관리 | 양은진

발행처 | 비아북(ViaBook Publisher)
출판등록 | 제313-2007-218호(2007년 11월 2일)
주소 | 서울시 마포구 연남동 월드컵북로6길 97(연남동 567-40) 2층
전화 | 02-334-6123 전자우편 | crm@viabook.kr
홈페이지 | viabook.kr

ⓒ 랑또, 2022
ISBN 979-11-91019-79-7 04810